봄날의 개

고문영 동화

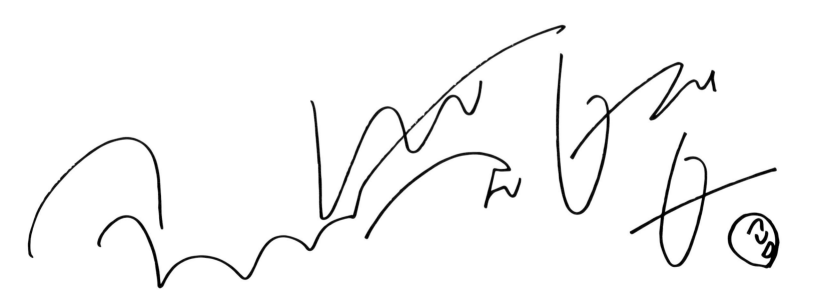

위즈덤하우스

옛날 옛날에…
자기 마음을 꽁꽁 잘 숨기는 어린 개가 한 마리 있었습니다.

정자나무 밑에 묶여 살던 개는
꼬리도 잘 흔들고, 재롱도 잘 부려서,
마을 사람들에게 '봄날의 개'라고 불렸지요.

그런데 낮에는 아이들과 한창 잘 놀던 개가
밤만 되면 끼잉 끼잉… 하고 몰래 우는 게 아니겠어요?

사실… 봄날의 개는 묶인 목줄을 끊고
봄의 들판을 마음껏 뛰어놀고 싶었답니다.
하지만 그럴 수가 없어서 밤마다 슬프게 울어댔지요.

끼잉… 끼잉…

몸은 정직해서 아프면 눈물이 나와요….
그런데 마음은 거짓말쟁이라 아파도 조용하지요….

그러다 잠이 들면
그제야 남몰래 개 소리를 내며 운답니다….

끼잉… 끼잉…

어느 날 봄날의 개에게 마음이 속삭이듯 물었어요.
얘, 너는 왜 목줄을 끊고 도망가지 않니?

그러자 봄날의 개가 말했습니다.
나는 너무 오래 묶여 있어서…
목줄 끊는 법을 잊어버렸어….

글 | 조용

드라마 〈저글러스〉 〈사이코지만 괜찮아〉 대본을 썼다.

그림 | 잠산

콘셉트 디자이너 및 일러스트레이터로 활동하고 있으며 드라마 〈남자친구〉 〈사이코지만 괜찮아〉 등에 삽화를 그렸다.

사이코지만 괜찮아 특별 동화 3

봄날의 개

초판 1쇄 발행 2020년 7월 30일 **초판 13쇄 발행** 2024년 8월 14일

글 조용
그림 잠산
펴낸이 최순영

출판2 본부장 박태근
스토리 독자 팀장 김소연
책임 편집 곽선희

펴낸곳 ㈜위즈덤하우스 **출판등록** 2000년 5월 23일 제13-1071호
주소 서울특별시 마포구 양화로 19 합정오피스빌딩 17층
전화 02) 2179-5600 **홈페이지** www.wisdomhouse.co.kr

ⓒ 스튜디오 드래곤, 2020

ISBN 979-11-90908-17-7 04810
       979-11-90908-25-2 (세트)